Thomas Schlichte

Ey, Schiri, Ey!

Bibliografische Information der Deutschen Nationalbibliothek: Die Deutsche Nationalbibliothek verzeichnet diese Publikation in der Deutschen Nationalbibliografie; detaillierte bibliografische Daten sind im Internet über dnb.dnb.de abrufbar.

Verlag: BoD · Books on Demand GmbH, Überseering 33, 22297 Hamburg, bod@bod.de
Druck: Libri Plureos GmbH, Friedensallee 273, 22763 Hamburg

ISBN: 978-3-8192-4595-4

Thomas Schlichte, geboren 1982 in Friedrichshafen. Der ausgebildete Journalist und Online-Redakteur ist eigentlich im Sport daheim und doch auf der ganzen Welt zuhause. Er gewinnt seine Ideen auf Reisen, bei Gesprächen oder durch Begegnungen im Alltag. Falls ihn etwas bewegt oder fasziniert, möchte er es am liebsten festhalten - zumindest auf Papier.

Widmung

Dieses kleine Büchlein ist allen meinen lieben

SportsfreundInnen gewidmet, die mit mir

beruflich und privat so manch sportliche

Höchstleistung auf zahlreichen Plätzen

mitunter kritisch analysiert, wohlwollend

beobachtet oder in leichter Bierlaune ziemlich

verunglimpft haben. Viel Freude damit!

Sonntagnachmittag ist Fußballzeit. So auch im schönen Oberschwaben beziehungsweise in unserer malerischen Bodenseeregion. Hier trifft Jung auf Alt. Oder besser gesagt: der ambitionierte Nachwuchs auf geballte Erfahrung. Die Rede ist aber von beiden Seiten. Eben hinter und vor der Absperrung zum echten oder künstlichen Grün. Während die ersten Tipps die Runde machen und über den Vorbericht in der lokalen Presse geschimpft wird, läuft das Aufwärmen. Dazu passend – oder auch weniger – wummern irgendwelche Bässe durch die Gegend. Sehr zur Freude der Nachbarn oder auch nicht. Erst recht in der Frühlings- oder Sommerzeit, wenn man den freien Tag oft im Garten verbringt.

Das Aufwärmen schreitet voran – mehr oder weniger professionell. Kommt eben drauf an, in welcher Liga man ist oder was die Tabelle sagt. Und die lügt, das wissen wir alle, bekanntlich nie. Die Startelf des Trainers tut das sowieso nicht. Es spielen meistens die, die mal „höher" unterwegs waren. Flankiert von denen, die in jedem Training sind, weil die Oma eben weniger oft Geburtstag im Jahr feiert. Man kennt's. So wie den einen oder anderen Einstandskasten für alles Mögliche. Teuer für Schürzenjäger. Eigentlich wären inzwischen alle so weit. Doch es fehlen zwei Dinge. Der Spielball und der Schiedsrichter. Der hat trotz Navigation das Gelände nicht sofort gefunden. Passiert, wir haben uns ja alle schon mindestens einmal oder so vertan.

Bis es tatsächlich losgeht, passt noch ein weiteres Bier rein. Sei es in die Münder der schon zuvor rackernden Ballkünstler der Reserveteams oder in den Schlund des äußerst fachkundigen Publikums. Das war vor nicht allzu langer Zeit selbst noch auf dem Feld aktiv. Wobei das „vor nicht allzu langer Zeit" unterschiedlich definiert wird. Irgendwas zwischen vor einer Saison, vor gut fünf Jahren oder als es den Euro noch gar nicht gab. „Gibt's doch nicht!" ist hier ein oft gebrauchter Ausdruck für das soeben Dargebotene. Sollte man diesen Ausspruch aber beinahe bei jeder (recht missglückten) Ballannahme hören, weiß man, wo man zuschaut. Man nennt es „ganz unten" – also irgendwo in der Kreisliga B oder A.

Wirklich viel liegt da nicht dazwischen. Außer vielleicht bei der Schuhauswahl. Und damit ist nicht das bunte Allerlei gemeint. Den Rest regelt sowieso Panzertape. Denn diese Schuhe trug man schon, als man frisch aus der Jugend kam. Quasi also „erst seit gestern". Oder eben, als es noch keine Pandemie oder eine andere Währung gegeben hat. Macht aber nichts. Stellungsfehler macht man so oder so mit Erfahrung weg. Der Antritt setzt dennoch etwas zeitverzögert ein. „Antizipieren" rät ein Fachmann mit seinem Glas in der Hand. „Wach sein!", ruft ein anderer und beißt in seine Bratwurst. Diese sieht zwar noch sehr hell aus, aber nicht jeder mag's komplett verbrutzelt. Passiert nur bei Ablenkung.

Gute Nachricht: Die entsprechende Senfmenge lässt beide Aggregatszustände der „Roten" unwichtig erscheinen. „Rechte Schulter!", „Eins vor!", „Schieb raus!" und „Nach rechts!", sind weitere Kommandos, die die sonntägliche Ruhe unterbrechen. Ein paar singende Vögel oder Diskussionen über Kinder und Schulen tun dies ebenso. Treffer sind zu diesem Zeitpunkt aber noch keine gefallen. Gut, auf dem Nebenplatz schon. Aber da kicken nur die Allerkleinsten. Das allerdings ohne Schuhe. Denn die sind vorübergehend zu Torpfosten umfunktioniert worden. Selbst bei ihnen sieht man bundesligareife Jubelposen. Früh übt sich's. Immer, immer wieder. „Siu…".

Egal, wie viel Granulat man bis dahin verspeist hat. Das hat der Zaungast inzwischen auch getan – und zwar mit seiner Wurst. Zeit für das nächste Bier. Während er sich am Verkaufsstand brav einreiht und Mitspieler von früher trifft, scheppert es auf dem Rasen gewaltig. Zwei Kicker sind ineinander gekracht. Nachdem die Beine sortiert und ein paar Wortfetzen geflogen sind, entscheidet der Schiedsrichter souverän auf Gelb. Die einen hätten zwar gerne eine andere Farbe gesehen. Doch der gelbe Karton ist berechtigt. Für eine Schwalbe sowieso. „Ey, Schiri, Ey!", skandiert die Zuschauerschaft. Und wird dabei vom eben frisch Verwarnten nur angegrinst.

Dass eine Schwalbe allerdings kein Geniestreich ist, versteht er nicht. Noch nicht. Denn der „ist ja noch jung und muss noch so viel lernen", weiß einer. Die Gemüter beruhigen sich – zumindest etwas. Denn die nächste kniffelige Szene folgt. Und zwar auf dem Weg zur Toilette. Das Kaltgetränk drückt. Sozusagen also eine echte Drangphase. „Harn-Pressing" nennt es ein Mann mittleren Alters. Als dieser über seinen eigenen Witz lacht, schüttelt ein anderer lediglich mit dem Kopf. Wahrscheinlich ist's sein Fahrer. Hektisch legt die Grillmannschaft nach und stellt eine Stufe höher. Etwas, was auch beiden Mannschaften gut zu Gesicht stünde.

Sprich „nachlegen" beziehungsweise „die nächste Stufe zünden". Gesagt, nicht getan. Denn das Lokalderby plätschert auch nach der Pause zäh vor sich hin. Fast so gemächlich wie der angrenzende Bach. Dass dieser nicht mehr Ballkontakte erzielt als so mancher Akteur auf dem Feld, verhindert der Zaun. Als das Spielgerät nach einem Pressschlag dann doch noch schwimmen gehen könnte, klettern ein paar Jungs hastig auf und schließlich über den Zaun, um den Ball zu suchen. Längst ist da schon eine Ersatzkugel im Einsatz. Als der Jüngste die Absperrung gerade überwunden hat, sieht man einen Betreuer durch die Türe marschieren.

Warum eigentlich – wie die Kleinen – Sport machen? Erfahrung pur. Denn auch den Fußball findet er schneller im Gestrüpp. Damit die Jungs nicht allzu enttäuscht über ihren übereifrigen Einsatz sind, bekommen sie vom alten Haudegen in der Vereinsjacke ein Eis versprochen. Die Kinder freuen sich, die Klubikone lacht. Er zückt schon den Geldbeutel. Bis, ja bis sich die dazugehörigen Eltern einschalten. „Wir gehen doch nachher noch zu Oma und Opa. Jetzt gibt es kein Eis!". Nennt man wohl „Pech gehabt". Und wie die Stimmung auf der Fahrt zu den Großeltern wohl sein wird, erklärt sich von selbst. Ist nicht unser Bier. Zurück zum Spiel und mit den Augen aufs Feld.

Da ist der eine oder andere noch immer um Ballkontrolle bemüht. Dabei hat er sich extra das neueste Modell eines bekannten Ausrüsters gegönnt. Eine echte „Gönnung" sozusagen. Ein Mitspieler macht tatsächlich „Auge" und ein anderer „lässt sich fallen". Aber nicht hin, sondern lediglich zurück. Also „eins tiefer". Apropos fallen. Auf den ersten Treffer warten alle noch immer. „Die immer mit ihren seltsamen Kommandos", wirft eine junge Frau ein. Ihre Sitznachbarin nickt und zuckt mit den Achseln. Dann wird an der mitgebrachten Chai-Latte genippt und die Sonnenbrille zurechtgerückt. Der Griff durchs Haar darf nicht fehlen. Motto: Gesehen und gesehen werden.

Danach wird wieder über die neueste Mode, die letzte Partynacht oder die stressige Arbeit philosophiert. Währenddessen wird der Mittelstürmer von Team A umgehauen. Das an diesem Tag so oft verwendete „Ey, Schiri, Ey!" macht abermals die Runde. So wild war's jedoch nicht. „Der muss doch morgen wieder zum Schaffe!", hört man einen rufen. „Das müssen wir doch alle wieder!", zischt ihm einer entgegen und verdreht die Augen. Für die nicht schwäbischen Leser unter uns: „schaffe" bedeutet „arbeiten gehen". Derweil brechen die letzten Minuten an. Einige Wechsel gibt's – und zwar auf beiden Seiten. Das eine Lager setzt auf „junge Wilde" und die andere Trainerbank „wirft viel jahrelange Erfahrung rein".

Letzteres sollte sich auszahlen. Obwohl man die bekanntlich nicht kaufen kann. Der schon dreimal offiziell zurückgetretene Stürmer spitzelt den Ball nach einer „maßgenauen" Ecke über die Linie. Abseits war's keins. Und das, obwohl das jemand auf der Gegenseite über die gesamte Anlage schreit. Vielleicht besser noch einmal im Regelwerk nachschlagen. Dass in der Nachspielzeit dann doch noch der Ausgleich fällt, sorgt für Entsetzen. Es wäre doch ein „ganz wichtiger Dreier" gewesen, teilt ein Edelfan mit. „Wie kann man denn nur so pennen?", fragt ein anderer. Kopfschüttelnd ziehen sie ab.

Auf dem Spielfeld sind gefühlt inzwischen Hunderte Kinder unterwegs – mit und ohne Schuhe. Die einen nur im T-Shirt und die anderen mit Jacke und Mütze. Jeder fröstelt eben anders. Beide Mannschaften stehen im Kreis beieinander. In der Mitte der eine Coach und drüben das Trainergespann. Ohne mittendrin zu sein, kann man sich denken, was da wohl so gesagt wird: „Ihr habt wirklich alles gegeben, das Unentschieden wirft uns nicht um. Wir fokussieren uns lieber auf das nächste Spiel. Wir sehen uns dann morgen Abend im Training, Männer. Haut rein." Das lässt sich keiner zweimal sagen und geht zum Bierkasten. Den hat der eine Schienenspieler gespendet. Er hat seit ein paar Tagen eine neue Freundin oder so.

Die Übungsleiter beider Teams stehen nacheinander dem Berichterstatter Rede und Antwort. Dass beide bei einem Remis wohl etwas ganz Ähnliches von sich geben, kann man sich denken. Oder nachlesen. Eventuell schon am Montag, in der Ausgabe am Dienstag oder – falls es andere sportliche Großereignisse gegeben hat – auch erst am Mittwoch. „Gar nicht gut für den Kopf", philosophiert ein Mann an der Eckfahne. „Da sollte man doch gedanklich schon beim nächsten Gegner sein." Fokussieren. Ja, das sollte nicht unterschätzt werden. Bevor es so manch „alter Hase" überhaupt erst in Richtung Kabine geschafft hat, weil er gefühlt jeden noch besänftigen muss, brechen die Ersten in Richtung ihrer Autos auf.

Und das bei einer etwas höheren Spielklasse gerne auch nur mit Kulturbeutel. Das kennt man so aus dem Fernsehen von den Profis. Die steigen oft nur mit eben diesem Accessoire aus dem Bus. Den Rest machen die Zeugwarte. In diesen Ligen, in denen der Autor seine Beobachtungen angestellt hat, sind die Taschen größer. Hier wird auch noch das Schuhwerk selbst geputzt, falls man auf echtem Rasen sein Können unter Beweis stellen durfte. „Jetzt muss ich aber los. Mein Schatz möchte mir noch etwas sagen", gibt ein Spieler von sich. Und entdeckt auf seiner Smartwatch schon die eine oder andere Nachricht. Dass er sich beim Leertrinken seines Bieres verschluckt, erklärt sich da von selbst.

Das Gelächter und der Spott „seiner Jungs" ist ihm gewiss. Andere haben es weniger eilig. Sei es, weil deren Liebste ohnehin mit anderen Mädels als Fan vor Ort gewesen ist oder eben selbst beim Sport oder ihren Eltern ist. Oder aber mit den Kindern unterwegs, die den Papa nicht immer nur beim Kicken sehen möchten. Der Spielplatz nebendran ist ohnehin wesentlich spannender. Erst recht mit anderen Kids, die von ihrer Mama eigentlich auch mitgenommen wurden, um die Väter anzufeuern. Keine Frage: Selbst rumtoben oder mit Gleichgesinnten nebenan zu kicken, bringt da wesentlich mehr Spaß mit sich. Der, der ohne Auto da ist, trinkt weiter. Und das auch, da er montags eh frei hat.

Nicht, weil er seinen Mitspielern die Haare frisiert, sondern später mal deren Rente bezahlt. Oder es zumindest sollte. Vorausgesetzt, er schließt sein Studium ab. Einen Job wird er finden – so oder so. Denn im Amateurfußball kennt quasi jeder jeden. Oder auch umgekehrt. Spaß. Mal im Ernst: Viele Verantwortliche haben führende Positionen inne oder eigene Firmen sowie Unternehmen. Da findet sich schon etwas. Erst recht für Neuzugänge im Sommer. Nicht alle Teams bestehen aus Eigengewächsen. Zumindest nicht immer und überall. Gerade die älteren Kicker finden im Spätherbst ihrer Laufbahn den Weg zurück zum Heimatverein, nachdem sie es „oben" oder im Ausland probierten.

Davon erzählen sie nach jedem Training im Vereinslokal beziehungsweise nach den Spielen. Die Jungen schauen zu ihnen auf und hören gespannt zu. Sie kleben den Routiniers an den Lippen. Da kommen einzelne Partien und Spielszenen von früher auf den Tisch. Da wird erwähnt, gegen wen man schon gespielt oder wen man schon gefoult hat. Ja, die Zeit verrinnt und das Flutlicht geht irgendwann aus. Oder es ging auch nie an. Je nachdem, um wieviel Uhr angestoßen wurde oder wie schnell die Techniker waren. Und wer diese bezahlt hat. Für Geld spielt aber keiner. Also, zumindest wird das oft so kommuniziert. Vielleicht gibt es etwas Spritgeld oder so.

Zu später Stunde ist der Sprit längst alle. Nun, also insbesondere der in der Kabine. Im Vereinsheim brennt aber noch Licht. Mitunter auch länger. Kommt darauf an, wer da noch so sitzt und was über die TV-Bildschirme flimmert. Falls überhaupt. Denn es kommt immer auch drauf an, welche Pay-TV-Anbieter man hat. Ändert sich beinahe jedes Jahr. Ganz im Gegensatz zu den bestellten Getränken. Das fängt meistens mit Bier oder Schorle an und kann dann schon einmal mit Longdrinks oder „Kurzen" enden. Falls es endet. Denn irgendjemand hat immer die Spendierhosen an. Das Ergebnis ist längst vergessen. Vielmehr zählen das Beisammensein und das Schwelgen in der Vergangenheit. Weit vor dem Euro.

„Keine müde Mark" oder „keinen Pfifferling" hätte man auf das und das gesetzt, hört man da. Was genau gemeint ist, versteht man nicht mehr ganz so gut. Es ist mittlerweile dunkel und die Spieler sind alle weg. Übriggeblieben ist der sogenannte „harte Kern", also die alten Haudegen, Teile der Vorstandschaft und ein paar Trainer. Sei es aus der Jugend oder eben der Chefcoach der „Ersten". Der meldet sich kurzerhand auch noch daheim bei der Frau ab. Denn der Verein lädt ein. Es gibt ein kaltes Büffet aus Vorspeisen und jede Menge Getränke. Ein Taxi für den Nachhauseweg lässt sich auftreiben. Der „Taxler" ist Sponsor und war jahrelang selbst aktiv. Ein paar Ligen höher. Das versteht sich von selbst.

Irgendwann kommt man gemeinsam zu dem Entschluss, dass man im Stadion - sprich auf Rasen – gewonnen hätte. Und schiebt das „ungerechte" Unentschieden – an dem aber nicht der Schiri schuld ist – auf das satter aussehende Kunstgrün. Der Rasenplatz war von der Stadt kurzerhand gesperrt worden. Doof nur, weil man sich im Training auf dem Nebenplatz für ein Spiel auf echtem Grün mehr oder weniger intensiv vorbereitet hat. Denn es waren gerade einmal acht Mann im Training. Also, aus dem Kader der ersten Mannschaft. Gut, dass ein paar eifrige A-Junioren noch nicht genug hatten und etwas mitmischten. Ohne deren Einsatz, hätte so manche Übung gar nicht funktioniert.

„Aber das Problem hat ja jeder Verein!?",
weiß der Mann mit dem Rotweinschorle.
„Früher hätte es das aber nicht gegeben.
Wir waren immer da. Und das in jedem
Training sowie bei Wind und Wetter." Ja,
früher Und in der guten alten Zeit. Da
hat man immer gespielt. Mitunter auch
mit einer schweren Verletzung, die
heutzutage eine mehrwöchige Pause
bedeutet. Nur gut, dass die Kicker des
aktuellen Kaders nicht mehr zuhören.
Sonst hätte es mitunter hitzige
Diskussionen gegeben und der Vorstand
wäre urplötzlich als Mediator im Einsatz.
Hätte man dieses Spiel doch nur
gewonnen, wird er sich gedacht haben.
Und zugleich daran denken, dass es
schon kommenden Sonntag weitergeht.

Zwar auswärts, aber nicht weniger kritisch. Denn die kurzen Entfernungen zu den Spielstätten der Konkurrenz sind mit dem ÖPNV oder dem Fahrrad gut zu erreichen. Bedeutet, dass auch so manch alter Hase aus dem Vereinsheim mit von der Partie sein wird. Und – ganz egal, wie es ausgehen mag – noch den einen oder anderen Tipp parat hat. Aber erst dann, wenn man ein bisschen etwas getrunken hat. Und der aktuelle Kader längst zuhause ist. Oder eben bei der Freundin, der Frau, den gemeinsamen Kindern oder auf einem Geburtstag. Se es von der eigenen Familie oder bei einer Feier des Anhangs der Liebsten. Da gilt es, kühlen Kopf zu bewahren. Nur für alle Fälle. Damit sich nichts wiederholt…

Schließlich haben auch Großmütter, sofern sie noch unter uns sind, nur einmal im Jahr Geburtstag. Das sollte man immer und immer wieder beachten. Erst recht dann, wenn das Personal knapp und das nächste Spiel das Wichtigste ist. Also, eigentlich immer. Woche für Woche, Saison für Saison oder Jahr für Jahr. Und man sollte, wenn man sich abgemeldet hat, die Finger besser weglassen von sozialen Netzwerken. Oder aber: Man postet besser keine Statusmeldungen in einem einschlägigen Messengerdienst. Aber das ist ein eigenes Thema. Vielleicht für das nächste gute Gespräch unter uns sportverrückten Menschen, die ihr Hobby wirklich so sehr lieben. Mit allen Höhen und Tiefen.